LE SERPENT
DE MER

Hachette Livre, 58, rue Jean Bleuzen 92178 Vanves Cedex.

Adam Blade

Adapté de l'anglais
par Blandine Longre

LE SERPENT
DE MER

hachette
JEUNESSE

TOM

Tom, le héros de cette histoire, aime l'action et l'aventure : il a toujours voulu devenir chevalier. Sa mission est risquée, et il lui arrive d'avoir peur… mais il sait aussi se montrer très malin ! Par chance, il peut compter sur son amie Elena, sur son cheval Tempête, et sur son épée, dont il se sert très bien. Son rêve le plus cher : retrouver son père, qu'il n'a jamais connu.

ELENA

Cette jeune orpheline accompagne Tom dans ses aventures. Courageuse, astucieuse, et plutôt têtue, elle est experte au tir à l'arc. Elle a tendance à se fâcher, surtout si Tom la taquine ! Mais elle n'abandonne jamais ses compagnons quand ils sont en danger. Avant de rencontrer Tom, son seul ami était Silver, un loup. Très attachée à Silver, elle s'inquiète souvent pour lui… parfois un peu trop !

Bienvenue à Avantia !

Je m'appelle Aduro. Je suis un bon sorcier et je vis au palais du roi Hugo.

Les temps sont difficiles. Dans les Textes Anciens, il est écrit qu'un jour, un grand danger menacera notre paisible royaume.

Ce jour est venu.

Malvel, un sorcier maléfique, a jeté un sort aux six Bêtes qui protègent notre territoire. Ferno, le dragon de feu, Sepron, le serpent de mer, Arcta, le géant des montagnes, Tagus, l'homme-cheval, Nanook, le monstre des neiges et Epos, l'oiseau-flamme cherchent à détruire notre royaume.

Mais les Textes Anciens prédisent aussi qu'un jeune garçon délivrera les Bêtes.

Nous ne connaissons pas encore ce héros, mais nous savons que son heure approche… Espérons qu'il ait le courage d'entreprendre cette Quête.

Souhaites-tu attendre son arrivée avec nous ?

Avantia te salue.

Aduro

Depuis que le sorcier Malvel a ensorcelé les Bêtes magiques, le royaume d'Avantia est menacé. Le sorcier et le roi demandent à Tom de les aider : le garçon doit délivrer les Bêtes du sortilège, à commencer par Ferno. Ce dragon brûle les campagnes et terrifie les habitants. En chemin, Tom rencontre Elena, une jeune fille déterminée à l'aider. Ils traversent plusieurs épreuves mais parviennent à libérer Ferno.

Quand Aduro leur confie une seconde mission… plus dangereuse encore.

La barque est bercée par les vagues. Lucas et son père sont venus pêcher, à côté d'une petite île, près de la plage. Le garçon replie la voile, pendant que son père lance le filet.

— Je me demande bien ce qu'on fait là, marmonne le pêcheur. Nous n'avons rien attrapé depuis un mois !

— Les gens disent que le serpent de mer fait fuir les poissons, répond Lucas.

— Je ne crois pas à ces histoires !

Le garçon frissonne, mais la mer est calme.

Tandis que son père jette à nouveau son filet, Lucas remarque une chose étrange autour de l'île : l'eau s'est mise à bouillonner et des vagues s'écrasent contre les rochers.

— Regarde !

Son père se retourne et s'agrippe au rebord du petit bateau qui commence à tanguer.

Au même instant, une tête monstrueuse sort de l'eau ! Couverte d'épaisses écailles vertes, la créature porte un collier argenté autour de son long cou. Ses énormes yeux rouges croisent ceux de Lucas.

Le garçon, terrorisé, voit le serpent ouvrir sa gueule. Ses crocs se referment sur le mât et le brisent.

L'eau envahit la barque, qui bascule. Lucas ferme les yeux, se cache le visage dans les mains. Tout autour de lui, le rugissement de Sepron résonne...

Chapitre un

En route pour l’océan

Tempête s’arrête au pied d’une pente rocheuse. Tom et Elena descendent de cheval et Silver le loup se couche près d’eux, la langue pendante.

La colline où le garçon a combattu Ferno est loin derrière eux. Quand il repense à cette aventure, son cœur bat plus fort.

— Je n'oublierai jamais comment tu as bondi sur l'aile de Ferno ! lui dit Elena. Tu as été si courageux !

— Mais c'est grâce à toi que j'ai pu ouvrir le collier. Si tu ne m'avais pas lancé la clé en tirant ta flèche... réplique Tom, gêné par les compliments de la jeune fille. Nous avons tous les deux libéré le dragon. Avantia ne souffrira plus de la sécheresse.

— Et les récoltes ne brûleront plus, ajoute son amie.

Silver se redresse et aboie avec impatience.

14

— On ferait mieux de repartir, dit la jeune fille d'un ton déterminé.

Tom n'a pas oublié la mission qu'Aduro le sorcier leur a confiée… Il se demande s'il arrivera à vaincre les autres Bêtes, mais il sait qu'il n'abandonnera jamais sa quête.

Il sort la carte qu'Aduro lui a donnée, et voit un sentier qui passe entre les collines et les bois, puis s'arrête au bord de l'océan. Une minuscule tête sort des vagues dessinées sur le papier, près d'un rocher qui ressemble à une petite île.

Une queue pointue vient soudain frapper la surface de la mer et une goutte d'eau retombe sur la main de Tom.

— C'est Sepron ! s'écrie Elena, terrifiée.

— C'est incroyable ! s'exclame le garçon. Un vrai serpent de mer !

— On dirait qu'il est en colère, constate la jeune fille.

— Nous devons l'empêcher de détruire le royaume ! dit Tom.

Silver laisse échapper un autre jappement. Il mordille la tunique d'Elena, tandis que Tempête hennit d'impatience.

— Oui, je sais : il est temps de se remettre en route, leur dit Tom en riant.

Avant de remonter en selle, il regarde une dernière fois sa carte et vérifie que le bouclier

offert par Aduro est bien atta-
ché dans son dos. Elena s'ins-
talle derrière lui et place ses
bras autour de la taille du garçon.

— En avant!

Au coucher du soleil, ils
arrivent près d'un lac.

— On va camper ici, an-
nonce Tom.

Elena l'aide à enlever la selle
de Tempête. Le garçon ramasse
du bois et fait un feu, puis
tous s'installent pour la nuit.

Tôt le lendemain matin, ils

se remettent en route et arrivent rapidement au sommet
d'une colline. Au loin, ils
aperçoivent le reflet de l'océan.

— On est bientôt arrivés !
dit Elena.

Soudain, Tom sursaute : il a
l'impression d'avoir vu quelque chose à la surface de l'eau.

— Qu'est-ce qui se passe ?
demande son amie.

— Je ne sais pas… mais je
crois que je viens de voir
Sepron.

— Où ça ?

— Là-bas, près de cette
petite île.

Il encourage son cheval à accélérer le pas. Bientôt, la route traverse des champs. Tout semble désert.

— Regarde ! s'écrie Elena en montrant les ruines d'une ferme brûlée. On dirait que Ferno est passé par-là.

Tom ne peut s'empêcher de frissonner, même s'il sait que le dragon n'obéit plus au sorcier Malvel.

Soudain, le cheval se dresse sur ses pattes arrière. Elena pousse un cri et s'agrippe à Tom pour ne pas glisser.

— Tempête ! Du calme !

ordonne le garçon en tirant
sur les rênes.

Mais il a du mal à contrôler
sa monture, qui fait quelques
pas de côté. Il remarque alors
la fourrure hérissée du loup,
qui gémit avec inquiétude.

— Il se passe quelque chose
d'anormal, dit Elena. Silver
l'a senti.

Tom regarde autour d'eux.
Il n'y a pourtant aucun dan-

ger en vue. Mais Tempête semble toujours aussi terrifié.

— Qu'est-ce qu'il t'arrive, mon grand ?

Soudain, Silver pousse un hurlement, les yeux fixés devant lui. Tom suit son regard et croit apercevoir un mouvement à l'horizon : le soleil se reflète sur une ligne argentée qui s'étend dans toutes les directions... Ce sont des vagues qui se dressent et grossissent de plus en plus !

— Tom ! lui lance Elena, terrifiée. C'est un raz de marée !

Chapitre deux

Course contre la mer

Tom est incapable de faire un geste, mais Elena lui secoue l'épaule. Le garçon tire fort sur les rênes et oblige son cheval à faire demi-tour.

— Au galop !

Tempête s'élance, aussi rapide qu'une flèche, et Silver se met à courir à leurs côtés.

— Plus vite ! lance la jeune

fille, le visage blanc de peur. La vague nous rattrape !

Tom jette un coup d'œil derrière lui et voit un gigantesque mur d'eau qui cache la lumière du jour. Il se rapproche à une vitesse incroyable.

Le sentier part en direction des collines. Est-ce qu'ils vont y arriver avant que la vague s'écrase sur eux ?

Soudain, Elena secoue à nouveau l'épaule de Tom et lui indique une colline rocheuse sur le côté : des roches plates, couvertes de mousse, qui s'élèvent au-dessus

des champs. Elles sont peut-
être assez hautes pour leur
servir de refuge.

Tom force Tempête à quit-
ter le sentier. Mais le gronde-
ment de la vague grandit. Le
cheval ralentit le pas pour
grimper la pente rocheuse.
Tom s'agrippe à sa selle. Les
bras d'Elena le serrent si fort
qu'il peut à peine respirer.
Tempête a du mal à garder
l'équilibre et le garçon a peur
qu'ils basculent tous vers
l'arrière.

La vague se brise soudain
sur les rochers, tout autour

d'eux. Dans un dernier effort, le cheval monte plus haut, juste au-dessus de l'eau. Tom et Elena glissent à terre.

— Bravo, mon grand, lui dit le garçon. Tu nous as sauvés…

— Où est Silver ? l'interrompt son amie.

Tom observe l'eau tout autour d'eux. Aucun signe du loup.

— Silver ! appelle Elena, affolée.

Ils entendent un aboiement et aperçoivent le loup qui nage dans leur direction.

Mais, soudain, son museau disparaît sous les vagues.

— Il va se noyer ! s'exclame la jeune fille, qui se met à sangloter.

Elle enlève ses bottes et s'apprête à plonger dans l'eau, mais Tom la retient par le bras.

— Non, c'est trop dangereux !

Avant qu'Elena parvienne à se dégager, une vague amène Silver près du bord. Sa maîtresse s'agenouille, l'attrape par la peau du cou et le tire hors de l'eau.

— Tu es sain et sauf ! s'écrie la jeune fille en le serrant fort contre elle. Nous sommes tous sauvés !

— Pour l'instant… réplique Tom. Le serpent de mer a provoqué ce raz de marée, j'en suis sûr. Nous devons l'arrêter avant qu'il inonde tout le royaume !

Chapitre trois

Pris au piège

L'eau recouvre tout le paysage. Mais, derrière eux, une pente raide mène au sommet de la colline, où quelques buissons d'épines se découpent sur le ciel.

— On peut peut-être retourner dans les collines, suggère Elena. Il doit bien y avoir un moyen.

— Allons là-haut, on verra peut-être ce qu'il y a de l'autre côté, propose Tom.

Arrivés au sommet, ils s'arrêtent, horrifiés. La vallée et le chemin qui menait aux collines ont disparu sous l'eau : ils se trouvent à présent encerclés par les vagues, comme sur une île.

— Qu'est-ce qu'on va faire ? demande Elena.

Tom regarde en direction de la mer et aperçoit à nouveau la petite île rocheuse qui ressemble à celle qu'il a vue sur sa carte. Mais comment pourraient-ils y aller ?

Au même instant, Elena lui montre un petit bois, à l'autre bout. Derrière les arbres, on voit des bâtiments aux murs gris.

— On dirait une ferme, remarque le garçon.

— Allons voir, propose Elena. On trouvera peut-être quelqu'un pour nous aider.

— Bonne idée. Mais il ne faut surtout pas parler de Sepron. Notre mission est secrète !

Ils vont chercher Tempête et Silver, puis se dirigent vers les arbres. Autour de quelques maisons de pierre, des gens sont regroupés. Plus bas, d'autres maisons sont en partie inondées.

— Un village ! s'exclame Elena, les yeux agrandis par la surprise.

— J'espère que personne ne s'est noyé, lui dit Tom.

Au bord de l'eau, un garçon aux cheveux roux les voit

s'approcher. Il les a entendus.

— Heureusement, tout le monde est sain et sauf, leur répond-il.

— Bonjour. Je m'appelle Elena. Et voici Tom, dit la jeune fille en s'avançant.

— Je suis Lucas, leur dit le garçon. Vous avez vu ça? lance-t-il en leur montrant les maisons inondées.

— Nous allons rester pour vous aider, propose Elena.

Lucas secoue la tête.

— Merci. Mais comment ? On va être obligés de partir… à cause du serpent de mer.

— Le serpent de mer ? s'exclame Tom en échangeant un regard étonné avec Elena.

Un homme s'approche d'eux.

— Vous ne nous croyez pas ? Moi non plus, je n'y croyais pas avant de voir cette créature. La légende raconte que la Bête protège les pêcheurs d'Avantia. Mais maintenant c'est plutôt le contraire !

— Mon père et moi, on était en mer quand on l'a vu, explique Lucas. Il a détruit notre barque et on a failli se noyer.

— Qu'est-ce qu'il s'est passé ensuite ? demande Elena.

— On a pu nager jusqu'au rivage, mais on a eu très peur que le serpent nous dévore, lui dit le garçon.

— Et cela fait des semaines qu'on n'attrape plus un seul poisson, ajoute le père de Lucas. À présent, plus personne n'a de bateau au village !

— J'en vois un, là-bas, dit Tom, en indiquant une petite barque.

— C'est le dernier, explique Lucas. Et il prend l'eau.

— Je vais vous aider à le réparer, propose Elena. Mon oncle est pêcheur et il m'a appris comment faire.

Le père de Lucas secoue la tête d'un air hésitant, mais une lueur d'espoir apparaît dans les yeux de son fils.

— Laisse-nous essayer, père, s'il te plaît.

— D'accord, soupire l'homme, avant de leur tourner le dos.

Tom aimerait pouvoir rassurer le pêcheur mais il ne peut rien dire. Dès que le bateau sera réparé, Elena et lui pourront partir à la recherche de Sepron.

— On a besoin de bois pour faire un feu, et de cordes. Il faut aussi du goudron, dit la jeune fille.

— Je vais te trouver ça, répond Lucas, avant de partir en courant vers le village.

Tandis qu'Elena va ramasser du petit bois, Tom enlève la selle de Tempête et le mène sous les arbres. Là, il découvre une longue branche et des cordes qu'il rapporte sur la plage.

Lucas revient avec une torche allumée. Une petite fille, rousse elle aussi, trotte derrière lui, un pot de goudron dans les mains.

— C'est ma sœur, dit le garçon. Elle veut nous aider.

— Bonjour, lui dit Elena avec un sourire, avant d'allumer le feu.

La fumée s'élève dans les airs. Lucas retourne la barque, puis Tom bouche le trou situé sous la coque avec des morceaux de corde. Après avoir fait chauffer le goudron, Elena l'étale par-dessus les cordes.

Soudain, Tom sent une intense chaleur dans son dos. Il se tourne et aperçoit la petite sœur de Lucas qui ajoute encore du bois sur le feu.

— Non ! Arrête ! Ne fais pas ça !

La fillette recule, mais les flammes sont déjà très hautes et des gouttes de résine jaillissent des branches. Des étincelles s'échappent et retombent tout près du bateau, sur un tas de bois mort. Lucas se précipite mais il est trop tard : le feu se répand déjà sur le sol.

Chapitre quatre

L'eau et le feu

Aussitôt, Tom s'empare de son bouclier.

— Éloignez-vous du feu ! crie-t-il. Il ne faut pas que la barque brûle !

Elena et les autres obéissent, tandis que Tom se place devant le bateau et brandit son bouclier, déjà léché par les flammes.

— Tom ! hurle Elena.
Reviens, c'est trop dangereux !

— Je sais ce que je fais ! lui
répond-il.

Il détourne le visage pour
protéger ses yeux. Petit à petit,
le feu s'éteint de lui-même. Il
peut enfin baisser son bouclier.

La petite sœur de Lucas, qui s'est réfugiée dans les bras de son père, éclate en sanglots.

— Je voulais seulement vous aider !

— Ce n'est rien, la rassure le pêcheur. Personne n'est blessé.

Tom regarde le sol, noirci et encore fumant. Ce feu aurait pu détruire non seulement le bateau, mais aussi le village… Il observe l'écaille de dragon qui brille sur son bouclier. Aduro avait raison : cette écaille les a protégés ! Il lève les yeux et voit que Lucas et son père le regardent d'un air intrigué. Est-ce qu'ils vont lui demander des explications ? Mais Lucas se tourne vers sa sœur.

— On rentre à la maison.

Tous deux s'éloignent, tandis que leur père examine la coque du bateau.

— Demande-lui si nous pouvons lui emprunter sa barque, chuchote Elena en se penchant vers Tom.

Va-t-il refuser ? Tom ne peut pas lui révéler pourquoi ils ont besoin de la barque. Il se dirige vers l'homme.

— Vous voulez bien nous prêter votre bateau ? On en prendra soin.

— C'est le seul qui nous reste, soupire le pêcheur. On en a besoin.

— Et si on laissait Tempête et Silver au village ? Comme ça, vous serez sûr qu'on reviendra, propose Elena.

Mais l'homme secoue la tête.

— Je n'ai pas dit que vous étiez des voleurs. Mais il pourrait y avoir un autre raz de marée, ou une tempête. Vous pourriez vous noyer, notre

45

bateau pourrait couler... La réponse est non.

Il se retourne et s'éloigne vers le village.

Tom est très déçu. Comment vont-ils faire pour libérer Sepron?

— S'il refuse de nous le prêter... on va l'emprunter sans sa permission, murmure Elena à son oreille.

— Quoi? s'écrie le garçon, choqué.

— On le rapportera. Tu sais que si on ne libère pas le serpent de mer, il y aura d'autres raz de marée. Et si les poissons ne reviennent pas, ces gens vont mourir de faim. C'est pour les aider qu'on leur prend leur barque.

Tom comprend qu'il n'a pas le choix.

— D'accord. Nous partirons à l'aube, répond-il.

Chapitre cinq

L'inconnu

Tom et Elena s'installent dans une des maisons et s'endorment à même le sol, près de la porte, pour pouvoir sortir sans se faire remarquer.

Quelques heures plus tard, le garçon sent une main lui secouer l'épaule.

— Allez! chuchote Elena. Il est l'heure.

Les deux amis ouvrent doucement la porte et sortent sans bruit. Dehors, le soleil se lève à peine derrière les arbres. Silver les rejoint en bondissant et renifle la main d'Elena.

Le niveau de l'eau a baissé pendant la nuit et certaines maisons sont de nouveau visibles. La barque n'a pas bougé, mais elle se trouve sur un tas de débris.

— Oh, non ! s'écrie la jeune fille. Comment allons-nous la mettre à l'eau ?

Ils essaient de la soulever, mais elle est trop lourde.

— Et si Tempête la tirait jusqu'au rivage ? propose Tom, tout essoufflé.

— Regarde comme la pente est rocheuse... La coque risque de se briser.

Leur discussion est interrompue par un grand cri.

— Hé ! Qu'est-ce que vous faites ?

Lucas s'approche d'eux, le visage rouge de colère.

— On va tout t'expliquer, lui dit Tom. Surtout, ne réveille pas le village.

— Je croyais que vous vouliez nous aider... et je vous

retrouve en train de voler notre bateau !

— On veut juste l'emprunter, lui dit Elena.

— Mon père vous a dit non !

Comment convaincre Lucas sans avoir à lui parler de la quête ?

— J'en ai besoin, c'est très important… commence Tom.

Lucas l'observe, intrigué.

— Je crois que je comprends, dit-il. J'ai vu ce que tu as fait avec ton bouclier. Tu me rappelles quelqu'un…

— Qui ça ? demande Tom.

— Un homme qui a traversé notre village, il y a plus d'un an. Il te ressemblait comme deux gouttes d'eau.

Tom sent les battements de son cœur s'accélérer.

— Tu te souviens de son nom? demande-t-il en agrippant les épaules du garçon.

— Il ne l'a pas dit, répond Lucas. Il nous a seulement raconté qu'il était en mission.

Tom est persuadé que cet inconnu est Taladon, son père. Il aimerait tellement en apprendre davantage! Mais il sait que le temps est compté: le soleil se lève et les villageois vont bientôt se réveiller. Il ne peut révéler son secret à Lucas, même si celui-ci semble l'avoir déjà deviné.

Au bout d'un moment, Lucas hoche la tête.

— Bon. Je vais vous aider à déplacer le bateau.

À trois, ils réussissent à soulever la barque et à la poser

sur l'eau. Tom et Elena grimpent à bord. Silver tente de les suivre.

— Non, cette fois tu ne peux pas venir ! lui explique la jeune fille.

— Je prendrai soin de lui et de votre cheval, propose Lucas en posant la main sur la tête du loup.

— Nous serons très vite de retour, lui dit Tom.

Elena et lui prennent chacun une rame et ils s'éloignent vers le large.

— Bonne chance ! s'écrie Lucas avec un signe de la main.

— Merci, marmonne Tom. On va en avoir besoin...

Sur l'île

Les deux amis rament avec difficulté et transpirent dans leurs vêtements. Autour d'eux, plane un silence étrange. Plus ils avancent, plus la mer est agitée.

« On doit continuer », se dit Tom, en essayant de ne pas penser à ses bras qui lui font mal.

Peu à peu l'île rocheuse apparaît dans la brume.

— Je crois que c'est là que j'ai aperçu Sepron, juste avant le raz de marée, dit le garçon.

Il regarde derrière lui. Aucun signe du serpent de mer. Il repense à la tête du monstre sortant de l'eau et un frisson glacial lui parcourt le dos.

— Tom ! s'écrie soudain Elena. L'eau rentre dans le bateau !

Le garçon sursaute, baisse les yeux et voit qu'il a les pieds dans l'eau.

— Le goudron n'a pas eu le temps de sécher, dit la jeune

fille. Il faut faire demi-tour et réparer la coque !

— On n'aura pas le temps de revenir vers le rivage ! s'exclame Tom, affolé.

— Je vais ramer pendant que tu vides l'eau qui est dans le fond de la barque. Essayons d'arriver jusqu'à l'île.

Elena prend les deux rames

tandis que Tom écope avec ses mains. Ils s'approchent de l'île et le garçon aperçoit une petite plage, entre deux rochers pointus.

— Par-là !

L'eau tourbillonne entre les rochers. Elena essaie de les éviter. Le petit bateau est secoué par les vagues mais la jeune fille réussit à le diriger jusqu'à la plage de galets, et ils débarquent. Pendant qu'Elena répare la fuite, le garçon observe la mer, dont la surface argentée brille dans la lumière du matin.

— Ça y est ! dit la jeune fille. On devrait pouvoir rentrer au village. Qu'est-ce qu'on fait, maintenant ?

Tom sort sa carte et la déplie.

— Regarde : on voit Sepron nager autour de l'île.

Il lève à nouveau les yeux vers la mer. Tout semble calme, mais maintenant le garçon sait que le serpent est tout près.

— Explorons l'île, et on trouvera peut-être un indice.

Ils s'éloignent un peu, mais ils ne voient rien d'autre que

des algues et quelques petits crabes. Soudain, Tom aperçoit un anneau de fer planté dans un rocher.

— Elena ! Viens voir !

Son amie le rejoint aussitôt. Ils examinent l'anneau, auquel est attachée une

lourde chaîne qui s'enfonce dans l'eau.

— Tu penses qu'elle est magique ? demande Elena.

— Elle retient sûrement Sepron prisonnier ! répond le garçon.

Chapitre sept

Sepron !

—Tu as raison, dit Elena. Cette chaîne doit mener au collier passé autour du cou du serpent.

— Allons chercher le bateau, répond Tom.

À leur grand soulagement, les réparations semblent tenir. Ils rament jusqu'au rocher où l'anneau est accroché. Les deux amis échangent un regard. Tom sent la peur l'envahir. Il voit la main d'Elena trembler… elle aussi est terrifiée. Il veut la rassurer :

— Ne t'inquiète pas. Tout va bien se passer.

— Tu en es sûr ?

Le garçon essaie de sourire, puis s'empare de la chaîne.

— Allez, tire avec moi ! Il faut qu'on découvre où elle mène.

Le métal glissant est couvert d'algues, mais ils parviennent à suivre la chaîne. Tandis que le bateau est entraîné vers le large, la brume les enveloppe et ils perdent bientôt l'île de vue.

— Je n'en peux plus ! s'exclame le garçon.

Soudain, la chaîne lui échappe des mains et retombe dans le fond de la barque, qui se met à tanguer. Elena observe la surface de l'eau.

— Regarde ! Là ! Quelque chose d'énorme !

Tom se penche et voit une ombre gigantesque passer sous le bateau. Au même instant, un bruit d'éclaboussure se fait entendre derrière eux.

Rassemblant tout leur courage, Tom et Elena se retournent et la jeune fille pousse un cri : l'énorme serpent de mer se dresse au-dessus d'eux !

D'épaisses écailles vertes recouvrent la tête et le cou de la Bête, et ses yeux brillent de colère.

— Il est beau ! murmure Elena.

Tout à coup, Tom se sent heureux : Sepron est vraiment une belle créature. Il devrait pouvoir nager en toute liberté, au lieu d'être prisonnier d'un maléfice.

Autour de son cou, il porte un collier, identique à celui de Ferno, qui est relié à la chaîne. La Bête secoue la tête, essayant de se libérer, puis plonge à nouveau. La surface de la mer redevient calme.

Le serpent est là, quelque part sous l'eau. Soudain, Tom a une idée.

— Je vais essayer de le suivre. Si je retiens mon souffle assez longtemps, je pourrai ouvrir le collier, ajoute-t-il en sortant de sa poche la clé que lui a donnée Aduro.

— Sois prudent, répond Elena, sans chercher à l'arrê-ter.

— Ne t'inquiète pas, je ferai attention.

— Je peux faire quelque chose pour t'aider?

Tom lui tend son bouclier.

— Tiens-le face au soleil, pour que les rayons se reflètent sur l'eau. Ça me guidera pour remonter à la surface.

Il enlève ses bottes et sa tunique, s'assoit sur le rebord de la barque et regarde la mer bleue. Il prend une profonde inspiration et saute.

Le royaume de Sepron

om nage dans un monde silencieux, où tout semble se déplacer au ralenti. Des bulles d'air argentées s'échappent de son nez. Tandis qu'il s'enfonce sous l'eau, ses oreilles se mettent à bourdonner. Paniqué, il voit la lumière du soleil disparaître. Sera-t-il capable de retenir son souffle assez longtemps? Il essaie

de se calmer, car il sait qu'il ne peut plus revenir en arrière : il doit aller au bout de sa quête. Il est le seul à pouvoir sauver Avantia.

Soudain, il remarque une lueur argentée. La chaîne de Sepron ! Il la suit. Au fond de l'eau, il aperçoit le corps gigantesque de Sepron, étendu sur du corail.

Il se rapproche, mais la Bête tourne la tête vers lui et ouvre grand sa gueule, dévoilant des rangées de dents pointues. Tom pousse un hurlement et de petites bulles d'air sortent

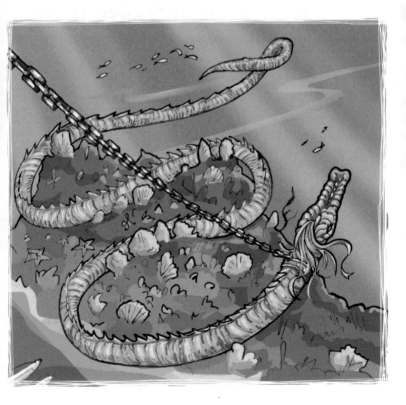

de sa bouche. Au même instant, le serpent se redresse et se dirige droit sur le garçon. Terrifié, il fait demi-tour à toute vitesse et nage vers la lumière du jour.

Près de la surface, il se retourne, persuadé que la mâchoire de Sepron va se refermer sur ses jambes. Soulagé, il voit que le monstre ne l'a pas suivi.

Il jaillit hors de l'eau et respire enfin. Le soleil l'aveugle, mais le bateau n'est pas loin.

— Tom ! s'écrie Elena.

— Tout... va... bien,

répond-il, encore tout essoufflé.

Il est épuisé mais il sait qu'il
va devoir plonger à nouveau.

— Est-ce que tu as trouvé le
serpent?

— Oui… mais je n'ai pas
pu m'approcher.

Il attend d'avoir repris son
souffle, fait un signe de la
main à son amie et plonge à
nouveau.

Cette fois, il trouve rapidement la chaîne et la suit
jusqu'au récif de corail où se
trouve Sepron.

Prudent, le garçon nage

sans se faire remarquer, puis se cache derrière des rochers. Dès qu'il est assez proche, il se précipite vers la Bête et attrape le collier d'une seule main.

Aussitôt, le serpent secoue la tête d'un côté et de l'autre, cherchant à se débarrasser de lui. Tom s'accroche au collier. Il prend sa clé, l'enfonce dans la serrure… mais ne parvient pas à la tourner ! Ce n'est pas la bonne clé !

Il lâche le collier et la clé, qui retombe au fond de l'eau.

Que va-t-il faire ? Comment libérer Sepron ?

Chapitre neuf

La dernière chance

La gueule du serpent s'approche de Tom, qui se dépêche de remonter à la surface. Il surgit près du bateau, tout essoufflé.

— Tom! Ça y est? Tu as libéré Sepron?

— La clé ne marche pas! répond-il en toussant. Je ne sais pas comment enlever le collier!

— Qu'est-ce qu'on va faire ?
s'écrie Elena.

— Je vais essayer avec ça !
dit-il en sortant son épée.

Il plonge à nouveau. Cette
fois, avant d'arriver au fond, il
voit une ombre énorme devant
lui. Sepron l'attend.

Soudain, les mâchoires du
serpent se referment à
quelques centimètres de ses
pieds ! Mais Tom ne peut pas
reculer, il doit libérer la Bête.
Le cœur battant, il se décide à
agir.

« C'est ma dernière chance ! »
pense-t-il.

80

Il se dirige vers le serpent, se faufile sous sa gueule et saisit le collier. Il enfonce la pointe de son épée dans la serrure.

Il manque d'air, mais il rassemble ses dernières forces et tourne l'épée dans la serrure, qui s'ouvre enfin.

Aussitôt, Sepron se calme, tandis que la chaîne retombe. Impatient, il la brise d'un coup de dents. La chaîne et le collier brillent quelques secondes, puis disparaissent.

La Bête est enfin libre !

Chapitre dix

Une autre mission

Épuisé, Tom remonte lentement. Il a du mal à nager. Soudain, il sent quelque chose derrière lui. Paniqué, il se retourne et aperçoit Sepron, tout près de lui. Mais le serpent n'est plus en colère. Au contraire, ses yeux brillent de joie. Donnant un petit coup de museau à Tom, il l'aide à gagner la surface. Le garçon s'agrippe au cou de la Bête, qui se penche vers la barque et l'y dépose doucement.

— Tom ! s'écrie Elena. Le collier a disparu ! Tu as réussi !

Il lève les yeux vers son amie et lui fait un grand sourire. À cet instant, un objet tombe de la gueule de Sepron.

— C'est une dent, constate Tom en examinant le morceau d'ivoire.

Tom observe le serpent mais ce dernier ne semble pas avoir mal. « Il a dû perdre cette dent en brisant la chaîne », se dit-il. Le garçon tend la main vers Sepron et caresse ses écailles étincelantes.

— Merci.

Il sait que, sans l'aide de la Bête, il aurait pu se noyer.

Le serpent le salue d'un signe de tête, puis plonge sous l'eau. Le garçon le regarde s'éloigner vers le large.

— Il est libre maintenant. Il n'y aura plus de raz de marée et les poissons vont revenir.

Les deux amis échangent un regard, puis la jeune fille pousse un cri de triomphe. Ils tombent dans les bras l'un de l'autre, soulagés.

Quelques secondes plus tard, Tom entend quelqu'un tousser derrière lui. Il sursaute et s'écarte d'Elena. Le sorcier Aduro se tient près du bateau, semblant flotter au-dessus des vagues. Le garçon comprend que c'est une autre vision magique. Aduro est resté au palais, mais il peut leur apparaître s'il a besoin de leur parler.

Tom est heureux de le voir.

— Bravo ! les félicite le sorcier. J'ai eu raison de te choisir, Tom. Grâce à toi, Sepron protège de nouveau l'océan.

— Je n'y serais pas arrivé sans Elena, répond le garçon.

— Vous êtes tous les deux très courageux, réplique Aduro en souriant. Avantia ne vous remerciera jamais assez. Est-ce une dent de serpent que tu tiens dans la main ? demande-t-il.

— Oui, Sepron l'a perdue.

— Il vous a fait un cadeau ! Place-la sur ton bouclier.

Le garçon obéit et le bois du bouclier se referme autour de la dent, juste au-dessus de l'écaille de Ferno.

— Maintenant, ton bouclier pourra te protéger du plus violent des torrents, explique Aduro. Il t'empêchera d'être emporté par les eaux.

— Merci! s'exclame le garçon.

— Ne me remercie pas. Chaque fois que tu libères une Bête, tes pouvoirs grandissent.

— Qu'est-ce qu'on doit faire maintenant? demande Elena.

— D'abord, retournez au village et dites à votre ami Lucas que les pêcheurs n'ont plus rien à craindre. Ensuite, vous partirez vers le nord. Malvel a aussi ensorcelé Arcta, le géant des montagnes.

— Est-ce qu'il menace le royaume?

90

— Oui, répond le sorcier. Il provoque des avalanches de pierres et cherche à détruire la cité qui se trouve au pied des montagnes.

Tom imagine que les habitants de la ville doivent être terrifiés.

— Je ferai de mon mieux pour l'arrêter, répond-il.

— Sers-toi de ta carte, lui conseille le sorcier.

— Merci, je… commence le garçon.

Mais la silhouette d'Aduro est déjà en train de disparaître.

Soudain, Tom se sent très seul. Son oncle et sa tante lui manquent, et il ne sait toujours pas où est son père.

Puis il regarde Elena. Ensemble, ils ont affronté de nombreux dangers, et ils ont survécu. Il sait qu'à eux deux, ils forment une belle équipe.

«Tant que je serai en vie, je continuerai ma quête!»

Fin

Cette seconde aventure de Tom est une réussite ! Sepron, le serpent de mer, est enfin libre. Mais la quête de Tom est loin d'être achevée ! Accompagné d'Elena, de Silver et de Tempête, il part à la recherche de la troisième Bête magique : Arcta, un géant qui provoque de terribles avalanches de pierres. Parviendront-ils à l'arrêter et à échapper aux dangers qui les attendent dans les montagnes ?

Découvre la suite des aventures de Tom dans le tome 3 de **Beast Quest** :

LE GÉANT DES MONTAGNES

Plonge-toi dans les aventures de Tom à Avantia !

LE DRAGON DE FEU

LE SERPENT DE MER

LE GÉANT DES MONTAGNES

L'HOMME-CHEVAL

LE MONSTRE DES NEIGES

L'OISEAU-FLAMME

LES DRAGONS JUMEAUX

LES DRAGONS ENNEMIS

LE MONSTRE MARIN

LE SINGE GÉANT

L'ENSORCELEUSE

L'HOMME-SERPENT

LE MAÎTRE DES ARAIGNÉES

LE LION À TROIS TÊTES

L'HOMME-TAUREAU

LE CHEVAL AILÉ

LE SERPENT MARIN

LE CHIEN DES TÉNÈBRES

LE CHAUDRON MAGIQUE

LE POIGNARD MAGIQUE

Pour tout connaître sur ta série préférée, va sur le site :
www.bibliotheque-verte.com

Table

PAPIER À BASE DE
FIBRES CERTIFIÉES

⊞ hachette s'engage pour
l'environnement en réduisant
l'empreinte carbone de ses livres.
Celle de cet exemplaire est de :
300 g éq. CO$_2$
Rendez-vous sur
www.hachette-durable.fr

Imprimé en Espagne par CAYFOSA
Dépôt légal : juin 2008
Achevé d'imprimer : octobre 2016
20.1538.6/19 – ISBN 978-2-01-201538-8
Loi n° 49956 du 16 juillet 1949
sur les publications destinées à la jeunesse